BDSM Amigos

Série Completa

Erika Sanders

ERIKA SANDERS

BDSM Amigos
Série Completa
Erika Sanders
Serie
Dominação e Submissão Erótica

Sinopse

5

Erika se propõe a dar um passo adiante em seu relacionamento com seu melhor amigo sexy e dominante...

BDSM Amigos é um romance com forte conteúdo erótico BDSM e, por sua vez, um novo romance pertencente à coleção **Dominação e Submissão Erótica**, uma série de romances com alto conteúdo romântico e erótico BDSM.

(Todos os personagens têm 18 anos ou mais)

Nota sobre a autora

Erika Sanders é uma escritora conhecida internacionalmente, traduzida em mais de vinte idiomas, que assina seus escritos mais eróticos, longe de sua prosa habitual, com seu nome de solteira.

Índice

BDSM AMIGOS
SÉRIE COMPLETA
ERIKA SANDERS

PARTE 1

Tinha sido um dia como qualquer outro.

Exceto que não era. Hoje foi especial. Hoje era o dia em que meu melhor amigo Richard estaria no campus da cidade de Nova York para fazer uma das provas finais da faculdade de direito. Assim como todas as outras vezes que ele veio para o meu lado do rio Hudson, ele acabou me mandando uma mensagem para jantar com ele. Daria mais ou menos meia hora para terminar o teste e o convite dele apareceria no meu telefone.

Corri meus dedos sobre minhas coxas, deixando-os chegar tão alto quanto a ponta do meu arbusto aparado antes de voltar para baixo. Só uma pequena provocação para me aquecer. Eu não precisava disso, não depois de todas as provocações que fiz comigo mesma na semana passada. Minha boceta estava vazando quase constantemente e meus mamilos não estavam macios há anos. Ainda assim, eu precisava ficar o mais quente possível antes de sair esta noite. Meu plano era ficar com tanto tesão que a luxúria abafasse meu medo de rejeição quando eu finalmente tentasse sair da zona de amizade.

Eu normalmente não sou tão covarde. Na verdade, sou muito confiante e descaradamente paquerador com todo mundo. Mas talvez seja apenas a liberdade da indiferença. Eu não me importo muito com o que qualquer aventura rápida pensa de mim, desde que eles me tirem do sério. Richard... bem, ele é diferente. Eu queria muito mais do que apenas uma foda rápida dele. Eu queria que ele sentisse por mim o que eu sentia por ele. E, embora ele nunca tenha me mostrado nada além de positividade e respeito, ele também nunca tentou deixar de ser apenas amigo. E ele é o tipo de homem que faz o que quer.

'Talvez seja por isso que ele nunca se mexeu comigo', pensei comigo mesmo, olhando para o meu corpo lascivamente aberto.

"Sou mais homem do que mulher. Sou bagunceiro e me coço em público. Eu me visto para o conforto e odeio usar maquiagem. Passo todo o meu tempo livre na academia, jogando videogame ou me divertindo com pornografia. Essas são as características que definem a masculinidade, certo? Ah, sim, e fui amigo do meu melhor amigo. As meninas não devem ser enviadas para a zona de amizade por seus amigos homens, certo? Tenho certeza de que deveria ser o contrário.

Não tenho o corpo de ampulheta mais feminino por excelência. Com 5'11 ", eu era um pouco mais alto do que a maioria dos caras com quem namorei sem sucesso. Um amor ao longo da vida pelo basquete e me sentir em forma fez com que meus músculos fossem um pouco mais definidos do que a maioria das mulheres se permite. Forma perfeita para seduzindo seus companheiros de equipe... mas muito longe das belezas delicadas que Richard namorou ao longo dos anos.

Se as coisas corressem mal, não era exatamente como se eu tivesse um círculo social bacana para recorrer...

'Pare com isso! Pare de ser tão deprimente. Foi por isso que finalmente criei esse plano, para desligar essa parte negativa de mim. Eu trouxe minhas mãos até meus seios. Foda-se o sentimento nada feminino, meus seios são foda demais. Seu volume em forma de C encheu minhas mãos completamente com um peso agradavelmente feminino. Claro, o tamanho deles às vezes atrapalhava meu estilo de vida ativo, mas o prazer que eles me davam mais do que compensava. Correr minhas palmas levemente sobre meus mamilos me fez tremer e respirar mais pesado. Tentei manter minhas carícias suaves e provocantes, mas logo me vi empurrando meu peito para frente e apertando meus mamilos o mais forte que pude. Quase na hora do evento principal.

Meu disco rígido externo provavelmente deveria estar na lista de razões pelas quais sou basicamente um cara. Não são muitas as mulheres que conheci que baixaram 226 gigas de pornografia. Então, novamente, isso não foi minha culpa. Essa foi tudo obra de Richard e mostrou exatamente por que nossa amizade nunca foi o que se poderia chamar de tipicamente platônico. Mesmo sete anos depois, a lembrança de conhecê-lo e de nosso vínculo inicial ainda me fazia sorrir. Era tão tipicamente Richard... confiante sem ser cheio de si, firme sem ser abrasivo, seu magnetismo me atraiu tão facilmente.

Eu não era muito bom em fazer amigos no colégio. Foi difícil encontrar um grupo que me aceitasse. A camarilha do jogador não parecia saber como lidar com alguém com seios que queria jogar League of Legends com eles. Os atletas do sexo masculino nunca jogariam a toda velocidade comigo ou contra mim, mesmo que eu fosse do mesmo tamanho ou maior do que a maioria deles. E, claro, eu preferia ter aberto uma veia do que fazer o que fosse necessário para me encaixar com as cadelas básicas da cultura feminina do ensino médio.

Não que eu fosse uma mulher solitária, de forma alguma. Eu tinha amigos, mas eles pareciam mais jogadores de nicho do que conexões pessoais. Por exemplo, Heather e eu coçávamos a coceira do videogame uma da outra, mas nós duas éramos introvertidas e desajeitadas demais para nos aproximarmos. Eu estava no time de basquete feminino, mas tive problemas para me relacionar com qualquer uma das minhas companheiras de equipe 1 a 1 sem a pretensão de praticar. Para encurtar a história, nunca me senti realmente aceito por ser mais do que apenas uma parte de mim. Acostumei-me muito com minha própria companhia e desenvolvi uma personalidade cínica espinhosa que afastou muitas pessoas.

Até que um dia, no último ano, fui designado aleatoriamente para Richard como parceiro de um projeto de estudos sociais sobre como as recentes mudanças tecnológicas impactaram tradições, organizações ou indústrias de longa data.

Eu odiava projetos em grupo. Todo mundo odeia projetos em grupo. As únicas pessoas que gostam deles são os extrovertidos sem alma que estão destinados a trabalhar em um departamento de RH em algum lugar. Claro, a única coisa pior do que um projeto em grupo é aquele com alguém popular. Principalmente quando é um garoto popular e gostoso. Todas as pessoas populares com quem já estive foram irritantemente presunçosas e condescendentes. Acrescente a isso os olhares invejosos de todas as outras garotas e eu fiquei seriamente irritada.

Recebemos os últimos minutos de aula para conversar com nossos parceiros.

Richard era muito popular. Ele tinha a reputação de se sentir em casa em quase todos os grupos. E ele também era muito gostoso. Ele se vestia um pouco melhor do que o colegial exigia e era uns dois ou três centímetros mais alto do que eu. Observei-o atravessar a sala até minha mesa, impressionado com a forma como seu cabelo curto e escuro parecia delinear seu rosto para acentuar distintamente a linha de sua mandíbula. Isso fez com que seu sorriso parecesse muito genuíno e caloroso, como se ele estivesse convidando você para participar de uma piada que só você e ele sabiam.

"Por que você parece tão feliz?" Eu perguntei quando ele chegou ao meu lugar. Como eu disse, personalidade espinhosa.

"Estava esperando por uma oportunidade como esta! Este projeto é perfeito." Eu me encolhi, pensando que era uma cantada muito estranha . Apenas outro cara tentando entrar nas minhas calças.

"Desculpe, mas você terá que fazer melhor do que isso."

" Ah, vamos, não me diga que você não está procurando a desculpa perfeita para fazer um trabalho escolar sobre pornografia." Eu dei uma olhada dupla. '... Ok, esse é novo.'

"Erm... o quê?" Seu sorriso tornou-se um pouco malicioso, mas ele continuou em um tom completamente sério.

"Durante décadas, a pornografia foi estereotipada. Seguia um roteiro estabelecido de pouca ou nenhuma preliminar, boquete e penetração hardcore em várias posições improváveis e desconfortáveis para uma chance final de ganhar dinheiro. Hoje em dia, esse tipo de coisa recebe muito poucas visualizações. A demanda é muito mais alto agora para representações mais realistas de sexo, especialmente para amadores focados no prazer feminino. Antes, as pessoas compravam DVDs com cenas genéricas em cada um. Agora, há centenas de subreddits dedicados a perversões específicas. O que mudou? É simplesmente a adaptação para a internet? Está ligado à expansão da audiência e a um público mais diversificado? É porque há mais fornecedores tentando encontrar um nicho competitivo? Deve haver material suficiente para um jornal lá. O que você acha?

Meu queixo estava quase no chão. Ele estava completamente sério. Ele tinha acabado de se aproximar de mim, sem pestanejar com minha grosseria, começou a falar intelectualmente sobre pornografia e parecia legitimamente interessado no que eu tinha a dizer. 'Cara tem bolas. Tenho que respeitar isso.

"Parece que você pensou muito nisso", gaguejei.

"Eu tenho", ele confirmou. "Estou interessado no que move as pessoas. E, adolescente púbere que sou, parece que o pouco move as pessoas tão profundamente quanto o sexo."

"Ele é prolixo." A sala de aula estava vazia e a próxima aula estava chegando. Eu rapidamente juntei meus livros em minha bolsa. "Bem, talvez não seja a mesma coisa, mas aposto que haverá mais pessoas ambidestras por causa da pornografia."

"Sério? Por que isso?"

"Bem, você precisa de uma mão para mexer no mouse e outra para se masturbar." Tentei igualar seu tom intelectual, mas não consegui e ri no final. Isso me surpreendeu, eu não tinha a intenção de dizer isso. Eu pretendia murmurar algo sobre a necessidade de ir para a aula e sair correndo. E outra surpresa, ele não estranhou e riu comigo.

"Talvez você esteja certo! Talvez possamos encaixar isso na seção de conclusão 'olhando para o futuro'. Escute, eu tenho que ir para trigonometria, mas vou mandar uma mensagem para você hoje à noite." E tão de repente quanto ele chegou, ele se foi.

Foi assim que Richard e eu começamos a nos relacionar - por pornografia. Como eu disse, não é uma amizade platônica normal. Tudo em nome da pesquisa educacional para o nosso projeto, claro.

Ok, talvez tenhamos continuado com isso após o final daquele projeto, no qual chegamos a 100 por sinal. Ele me mandava um link de algo quente e eu tentava achar algo mais quente, indo e vindo tentando superar o outro por horas a fio. Não demorou muito para entendermos realmente o que motivava um ao outro.

Richard era um dominante. Ele deixou de controlar 'suas' mulheres e fazer com que elas o obedecessem. Eu sei disso porque ele me disse logo no começo. Perguntei do que ele gostava e ele literalmente me disse: "Sou um dominante. Fico excitado ao sentir que estou no controle e estar com alguém que aceita meu controle". Ok, talvez ele tenha formulado de forma um pouco diferente... mas ainda assim. Ele disse isso com naturalidade, como se fosse a coisa mais natural do mundo.

Na época, eu não era nem um pouco excêntrica. Ainda assim, o gosto de Richard não parecia estranho para mim. Eu senti que deveria, ele me mostrou algumas merdas bem sádicas , mas realmente não. Eu não podia julgá-lo porque, pela primeira vez na minha vida, senti que alguém realmente me aceitava por inteiro. Richard abraçou a parte de mim que queria ser um nerd e sonhar com Mistborn . Ele encorajou a parte de mim que queria ser hipercompetitiva e demolir inimigos na quadra de basquete e no Summoner's Rift. Ele entendeu a parte de mim que às vezes queria ficar sozinha. Ele me fez perguntas e me fez sentir como se eu pudesse responder com sinceridade - que ele genuinamente queria minha total honestidade. Ele deu à minha vagabunda interior um porto seguro para sair e não ser julgada ou se sentir ameaçada. E, talvez o mais importante, ele entendeu que só porque às vezes sou uma vadia total não significa que eu realmente o odeie.

Lentamente, quase imperceptivelmente para mim, comecei a ficar excitado com o BDSM. Eu me vi mergulhando mais nisso, tentando encontrar um novo material que o excitasse. Ele, por sua vez, me alimentou com uma dieta constante de perversão. Uma dieta feita sob medida para me agradar. Por exemplo, eu me identifico como bissexual, mas realmente só me molho para um tipo específico de mulher. Alguém que é muito forte e me impressiona. É meio difícil de descrever, mas eu reconheço quando vejo, e ele também. Eu me apaixonei quando ele me mostrou Queensnake . Ela e todas as suas modelos são deusas de resistência física, disciplina mental e força emocional. Meus olhos estavam a centímetros da tela, observando-a dar golpe após golpe e conseguir subir novamente todas as vezes. Acho que nunca estive tão molhada antes na minha vida. Eu a admirava tanto e queria ser tão forte.

Mas nunca foi realmente sexual entre nós. Nunca conversamos sobre nos masturbar ou querer transar com as modelos ou transar nem nada. Diríamos 'isso é quente' ou falaríamos sobre o que gostávamos ou não, mas de uma maneira distintamente não sexting. Foi ótimo no começo porque fez tudo parecer seguro para mim. Consegui expressar uma parte tabu de mim para alguém que não estava apenas tentando entrar nas minhas calças.

Mas então percebi que queria entrar nas calças de Richard. Então deixou de ser tão bom. A essa altura, tínhamos nos formado e frequentado faculdades diferentes, separadas por três estados. Nosso relacionamento evoluiu. Nós só nos víamos online ou durante as férias em casa. A parte pornográfica de nossa dinâmica desacelerou drasticamente até parar quando começamos a namorar. Bem, ele namorou. Eu me joguei no corpo mais quente de qualquer festa.

No entanto, foi uma parte extremamente formativa da minha vida, e toda a nossa velha história de conversas por mensagens instantâneas foi salva em meu disco rígido externo. Anos de links, downloads e conteúdo erótico passaram diante dos meus olhos enquanto eu o carregava no meu laptop. Ao longo de muitas noites agradáveis, eu organizei tudo em pastas para Bate-papos icônicos, Deusas, Fantasias submissas, Gay romântico, Amigos para amantes (um prazer especialmente culpado para mim), dezenas de outros. Às vezes eu quero algo aleatório, às vezes algo específico. No trabalho naquele dia, passei um tempo embaraçoso sonhando acordado com um vídeo favorito.

Meus dedos mergulharam na minha buceta quando eu apertei o play em 'Amadora dando um boquete no namorado (#14)'. Sua paixão e excitação o tornaram um fogo quente enquanto ela adorava seu pênis com a boca. Seu rosto era uma colagem de emoções concorrentes - excitação, alegria, foco, prazer e amor - enquanto seus olhos disparavam entre o rosto de seu amante e seu pênis. É como se ela soubesse que deveria manter contato visual enquanto o chupa, mas ela não conseguia evitar olhar para o pau dele. E era um galo lindo! Pensada e bem torneada, parecia que ia encher minha boceta maravilhosamente bem.

Enrolei meus dedos dentro de mim, esfregando meu ponto g enquanto tocava meu clitóris e imaginava ser preenchido pelo pau em sua boca. Meu coração disparou no ritmo de sua cabeça balançando, cada batida enviando pulsos de desejo através de mim, fazendo minha boceta pulsar com luxúria. Meus músculos ficaram tensos e sons involuntários me escaparam. Esse é exatamente o tipo de boquete desleixado que eu queria dar a Richard! Sentir seu pau duro latejando na minha boca... suas mãos na minha cabeça guiando meu ritmo... O prazer de tocar seu rosto lindo, sentir seu abdômen duro flexionar, suas pernas tremerem ao meu lado enquanto eu chupava ele.. Eu gemi com o prazer correndo por mim, imaginando que ele podia sentir minha voz em sua masculinidade. Minha boceta irradiava calor como fogo, aparentemente imune a todos os sucos úmidos que jorravam de mim.

Algo mais. Outro vídeo. Se eu continuasse com este até o fim, para ver seu olhar de pura satisfação depois que ela engolisse sua carga, eu gozaria em segundos e precisava me segurar. Provocar e negar é um dos jogos favoritos de Richard, e não sou tão bom nisso quanto alguns blogueiros que sigo, mas havia muita coisa em jogo que me impediu de cair no precipício. Me satisfeito é racional. O eu racional fica nervoso e com medo de arriscar. O meu eu racional tinha evitado confessar sua atração por Richard por anos, e ela não tinha nada que sair esta noite!

Eu estava tão absorto no hedonismo masturbatório que não vi o novo alerta de texto por algum tempo.

Richard: Ei, estou no seu bairro esta noite. Você gostaria de jantar comigo?

'Ele deve ser o único cara na Terra que usa pontuação correta em textos', pensei. Nosso histórico de mensagens de texto era uma longa sequência de inglês perfeitamente revisado dele, contrastando a abreviação de texto e os emojis de mim. Era isso! Tudo de acordo com o plano! Ok, não pense, apenas deixe seus hormônios falarem por você.

Erika: sim parece bom

Erika : tem uma coisa que eu queria falar

Erika: não deixa eu falar isso nada

'Sucesso!' Eu esperava me sentir consumida pelo arrependimento e querer voltar atrás, mas não o fiz. Um pouco nervoso, mas animado. Meu clitóris, confuso sobre onde seu prazer havia desaparecido, latejava de frustração. Eu sorri e gentilmente acariciei-a como um cachorrinho. "Não se preocupe, você terá alguma ação real em breve... eu espero." Acho que é difícil se sentir muito apreensivo com tanta luxúria correndo em suas veias.

De uma forma real, o que eu tinha a perder? Richard foi meu melhor amigo por sete longos anos, mas nosso relacionamento não foi o que eu queria para a maioria deles. Eu nunca me senti realmente realizada com nenhum dos meus parceiros e eu tinha um ciúme quase mortal de todas as namoradas dele. Além disso, racionalmente falando, este era o momento perfeito. Nós dois éramos solteiros e morávamos tão próximos um do outro quanto dois adultos que trabalhavam poderiam razoavelmente esperar.

Ok, talvez tenha sido 'o momento perfeito' por vários meses enquanto eu arrastava meus pés ... mas isso não vinha ao caso!

Algo tinha acontecido com sua última namorada. Eles ficaram juntos por mais de dois anos, mas a separação foi ruim. Nós nunca conversamos sobre seus parceiros românticos, provavelmente porque eu fiquei mal-intencionada nas primeiras vezes que eles apareceram. Fosse o que fosse, era tão ruim que agora ele estava tentando reprimir seu lado dominante excêntrico natural e estava procurando por satisfação baunilha em uma série de conexões do Tinder. Ele parecia menos consigo mesmo... menos confiante e sempre um pouco cansado.

Mais do que apenas minha própria atração não correspondida, eu queria ajudá-lo. Eu queria ser aquele que o abraçasse totalmente e o deixasse ser ele mesmo, do jeito que ele tinha feito por mim. Depois de muitas tentativas de tirá-lo de si, eu finalmente percebi que a única maneira de fazer isso era dar a ele uma nova submissa. E esse seria eu.

Tudo bem, tudo bem, eu estava mais do que um pouco nervoso com isso. Richard era naturalmente muito dominante, mas eu não nasci submissa. Eu queria ser um para ele, mas não sabia o quão bem eu poderia atuar. 'Vai ficar tudo bem', eu disse a mim mesmo pela centésima vez, 'coloque-o a bordo primeiro e depois se preocupe com as coisas excêntricas.'

Richard: Bem, agora você tem minha atenção. Passarei na sua casa em uma hora. Você se sente italiano?

'Uma hora!?!' Não era como se eu tivesse passado horas na frente do espelho, mas eu precisava seriamente de um banho. Água quente correndo pelo meu cabelo, sobre meus mamilos e entre minhas pernas... mmm... Algo me disse que eu precisaria de algum tempo para ficar devidamente limpo.

PARTE 2

23

Ele chegou de terno completo com gravata, calças perfeitamente vincadas e abotoaduras. Tudo isso só para levar uma final. Típica. Não está claro para mim se ele tinha um par de jeans. Uma noite de verão de 85 graus e ele está vestido para impressionar e ainda parece irritantemente limpo, fresco e relaxado. Suor, aparentemente, era o tipo de coisa que acontecia com outras pessoas. Eu, por outro lado, escolhi jeans casuais e uma regata. Uma regata bem decotada que mostrava meu peito maravilhosamente. Eu tinha me dado um pouco de delineador, o que é absolutamente chique para mim, mas ainda éramos o par de aparência incompatível.

Era completamente típico para nós. Ele quase faliu na moda enquanto eu provavelmente quebraria minhas pernas se tentasse andar de salto. Por mais que eu o provocasse sobre isso, eu tinha que admitir que isso o fazia parecer muito bom. A maneira como as roupas bem cortadas abraçavam seus lados e exibiam sua estrutura atlética... e aquelas calças abraçavam sua bunda exatamente da maneira certa...

Existem literalmente milhares de lugares incríveis para comer no Brooklyn perto da casa de Richard. A cidade de Nova York, por outro lado... nem tanto. Há muitas vantagens em viver do lado errado de Manhattan. Como poder pagar o aluguel e sair de casa sem ser assediado, por exemplo. O maior deles é a vista. As vistas do centro de Manhattan a partir da cidade de Nova York são as melhores vistas da cidade na Terra. Fiquei muito feliz por isso quando Richard e eu nos acomodamos em um restaurante italiano perto da água, porque isso desviou sua atenção de mim enquanto eu lutava para me recompor.

'Apenas respire', eu disse a mim mesmo, 'É Richard, você fala com ele online todos os dias.' Mas ele nem uma vez verificou meu decote. Nem tinha olhado para a minha bunda enquanto eu amarrava meu sapato. Não me encheu de confiança.

"É incrível", disse ele, olhando para a água em direção ao Battery Park e Wall Street, "cativa minha atenção, não importa quantas vezes eu o veja."

"Sim."

Uma brisa agradável soprava da água sobre nós, afastando o pior do calor do verão. Ondulava no cabelo de Richard de uma maneira muito atraente. Um calor subiu pelo meu corpo que não tinha nada a ver com a temperatura. Ele estava tão sexy em um terno... Do outro lado da rua da nossa mesa, os turistas lotavam o caminho à beira do rio. Um grupo com um bastão de selfie atrapalhava todo mundo e alguns motociclistas tentavam em vão se mover mais rápido que um rastejar. Nós dois rimos quando um garoto incauto perdeu um pretzel para uma gaivota.

"Você sabe que estou morrendo de suspense aqui."

Eu pulei, percebendo que sua atenção havia mudado para mim. Hora de contar a ele. Mas de repente, a névoa de excitação que eu tentei me proteger desapareceu. Borboletas passaram pelo meu estômago e eu me senti corar. 'É Ricardo! Você diz a ele todo o resto! Se ele fosse qualquer outra pessoa no mundo, você já estaria flertando com ele. Pelo amor de Deus! Você é uma mulher adulta, se recomponha.

"O que?" foi tudo o que consegui dizer. ' Droga !'

"Hmm ... vamos ver se consigo adivinhar. Você não terminou o projeto ARA no trabalho, você teria comemorado isso imediatamente sem ser enigmático sobre isso. O mesmo vale para Tyler finalmente sendo demitido. Você não conseguiu um aumente ou você teria comprado o vinho mais caro do cardápio. Aquele pedaço no final me deixa muito curioso . 'Não deixe você dizer que não é nada.' O que você quer dizer com isso?"

Richard é um escravo completo de sua própria curiosidade, então eu esperava algo assim e passei horas tentando descobrir como lidar com isso. Eu tentei um monte de variantes de entrar no assunto com tato. Eu odiava todos eles. Sutileza realmente não é minha coisa. Suspirei, cerrei os dentes e explodi:

"Eu quero ser sua namorada." Não consigo ver a surpresa no rosto de Richard com muita frequência. Foi bom trocar nossos papéis típicos assim. Deixe-o ser o desequilibrado pela primeira vez. Eu disse isso! Eu finalmente disse isso! "Deus, eu queria dizer isso há anos! Mas você estava sempre namorando alguém ou eu era muito covarde ou esperava que você me atacasse por conta própria." Tentei avaliar sua reação, mas não consegui. Sua cara de pôquer estava séria e isso me deixou inquieto. "E... acho que estou cansado de esperar. E sei que você está infeliz com todos aqueles encontros do Tinder. Você está tentando ser alguém que não é desde que você e Chloe terminaram. Eu quero você para ser você mesmo comigo. Então, sim, aí está... por favor, diga alguma coisa."

Isso era medo em seu rosto? Não... apreensão? Um buraco se abriu em meu estômago, ameaçando me arrastar para dentro dele. Mas não, havia mais lá. Desejo? Anseio? Eu estava apenas me mostrando as emoções que queria ver? 'Por favor, diga alguma coisa!' Eu implorei internamente, 'por favor!'

Finalmente, ele o fez. "Uau, isso é muito para absorver." Parte da mortalha se levantou e ele ofereceu um sorriso hesitante. "Você pode relaxar. Eu quero você. Muito."

"Você faz?" 'AHHHHH!'

"Sim, e me desculpe se fiz você se sentir indesejado.

Suas palavras e sua expressão não combinavam. "Você não parece emocionado."

Ele suspirou. "Estou pensando sobre o que você disse sobre eu ser algo que não sou. Suponho que você esteja certo, mas gostaria de ouvir da sua perspectiva. O que o faz dizer isso?"

"Você parece para baixo em si mesmo. Não tanto perto de mim, mas apenas em geral. Você não parece tão seguro de si mesmo e tem esses pequenos atrasos. É como se você tivesse uma reação normal às coisas que você está suprimindo ou repensando ou algo assim. Percebi isso um pouco depois de sua separação e parece que você não está melhorando. Admitir a próxima parte foi difícil, mas tinha que ser dito, "olha, eu sei que tenho sido uma puta ciumenta de todas as suas namoradas e me desculpe por nunca ter perguntado sobre você e Chloe, mas sei que ela era sua primeiro relacionamento D/s realmente sério de longo prazo . As coisas terminaram mal com ela e você tem tentado desligar a parte dominante de si mesmo. Mas você não pode. É apenas quem você é, e é uma parte de você que faz você feliz."

"E você diz que não é perspicaz sobre as pessoas..." ele murmurou para si mesmo. Então, mais alto, "Então você quer namorar comigo para me recompor?"

Eu o olhei incisivamente de cima a baixo, deixando meus olhos se demorarem em seus lábios, sua figura em forma e diretamente em sua virilha. "Bem... não é só por isso." Eu nunca tentei flertar com ele e me senti bem. Eu queria afastar a conversa das áreas pessimistas e focar mais em nós dois juntos, mas não funcionou.

"E se houver uma boa razão para eu tentar deixar a troca de poder para trás? E se eu machucar seriamente a Chloe e decidir que ficar excitado com a dor do meu amante é um pouco fodido?"

'Oh Deus, quanto ele está doendo por dentro?' Eu me senti péssimo, percebendo que meu ciúme me impediu de ser solidário. Eu queria abraçá-lo, mas sabia que não era o jeito de chegar até ele.

Ele respondeu melhor à racionalidade. "Você está insinuando que era abusivo e duvido muito que seja verdade. Você é uma das pessoas mais enfáticas que conheço. Estou errado sobre isso?"

"Não..." ele disse hesitante, "não tão abusivo assim. Mas eu quebrei a confiança dela várias vezes. Bem, suponho que, para ser justo, nós dois quebramos a confiança um do outro. Mas ainda assim..."

"Richard", interrompi-o, "temos 25 anos. Somos jovens! Às vezes fazemos coisas das quais nos arrependemos." Peguei sua mão do outro lado da mesa e a apertei para enfatizar. "Você não pode continuar se punindo para sempre. Você merece ser feliz." Sua mão era firme e poderosa na minha. Gostei de segurá-lo mais do que esperava.

Nós dois olhamos para nossas mãos unidas. Ele parecia gostar também. Mas ainda assim, ele não estava convencido. Eu senti que estava chegando perto...

Eu o pressionei um pouco mais forte, "Olha, você não está feliz agora. Não negue, nós dois sabemos que é verdade. Motivos à parte, você deu ao estilo de vida baunilha mais do que uma chance justa, e o experimento falhou. Talvez é hora de tentar voltar para a bicicleta metafórica? Mais velho e mais sábio, sabe ? Prendi a respiração enquanto ele pensava nisso. Os segundos passaram, mas eu não sabia mais o que dizer.

Lentamente, ele sorriu. Algo nele mudou, quase imperceptivelmente. Ele parecia um pouco maior na minha visão e um pouco menos tenso. Eu poderia dizer que não tinha acabado. Eu ainda teria muito trabalho a fazer para curar suas cicatrizes, mas ele parecia disposto a me dar uma chance.

"Você está certo, não tenho sido feliz. Confesso, senti falta disso." Ele me deu um olhar de lobo, faminto de desejo, "Talvez seja egoísta da minha parte, mas eu sinto que queria que você me convencesse a fazer isso. Talvez especialmente porque é você..." A inconfundível luxúria em seus olhos me emocionou. Especialmente porque sou eu? Seria possível que ele também tivesse fantasiado comigo? Minha respiração acelerou e meu próprio desejo reacendeu. Começou a parecer real. Eu ia pegá-lo! Segurei sua mão com mais força, possessivamente. 'Meu!'

"Mas ainda assim", continuou Richard, "quero ter certeza de que você entende no que está se metendo. Há uma grande diferença entre ser minha namorada e ser minha submissa."

"Tudo bem, eu quero ser-" Ele me silenciou com os olhos. Até hoje não faço ideia de como ele faz isso. Nada muda fisicamente neles, mas, de alguma forma, funciona sempre. Foi a primeira vez que eu realmente senti seu domínio dirigido a mim. Eu já tinha sentido isso antes, visto em exibição em diferentes tons constantemente, mas ele nunca realmente me atingiu com isso assim. Teve um efeito imediato. As palavras morreram na minha boca e eu estremeci. Apertei minhas pernas juntas, sentindo o calor dentro de mim se intensificar.

"Isso é importante. Se você realmente quer que eu seja o meu eu completo e desenfreado, então não estamos falando apenas de sexo excêntrico algumas vezes por semana. Estamos falando de você se entregar a mim. Fisicamente, mentalmente e emocionalmente, pretendo possuir tudo o que faz de você , Erika. Seria muito diferente da amizade que tivemos durante toda a nossa vida adulta. Tem certeza de que é isso que você quer?

Eu encontrei seu tom sério inabalável. "Sim. Eu quero tentar. Haverá uma curva de aprendizado, mas eu quero isso."

"Eu sei que sim. Você tem sua mente definida e está determinado a ir até o fim. Essa sua veia teimosa será muito divertida de se jogar."

Ele estava me olhando , muito mais abertamente sexualmente do que nunca em todo o nosso relacionamento. Mostrando-me deliberadamente sua atenção em meus seios, meus lábios, meu pescoço. Apertei minhas pernas com mais força, deleitando-me com sua atenção. Enquanto ele olhava abertamente para o meu decote, meus mamilos endureceram, como se também quisessem seu reconhecimento.

"No entanto", continuou Richard, "não me sentirei bem a menos que faça o meu melhor para lhe dar o máximo de compreensão possível antes de mudarmos as coisas entre nós. Mas é difícil para mim falar sobre isso porque nunca experimentei o sub's lado." Ele considerou, então pegou seu telefone e percorreu seus contatos. "Tem uma amiga minha que mora bem perto que eu gostaria de convidar para se juntar a nós. Ela pode contar a você tudo o que gostaria que alguém tivesse dito a ela antes de se submeter."

Pensei em recuar. Eu já tinha certeza do que queria. Tudo o que eu queria fazer era terminar o jantar rapidamente, correr para casa e tirar aquele terno dele. Mas ele estava tentando fazer o que achava certo e se sentiria melhor sabendo que tinha feito isso. Então, resignei-me a esperar um pouco mais. "Se é realmente importante para você, tudo bem."

"Pense nisso como um consentimento informado. Além disso, você vai gostar dela. Ela é muito o seu tipo." Ele fez uma pausa, considerando, antes de continuar, "e há um pouco de informação de fundo que você provavelmente deveria saber primeiro."

'Um pouco' não cobria exatamente. Acontece que havia uma tonelada que Richard nunca me contou enquanto ele estava me protegendo da inveja da namorada. Ele e Chloe conheceram alguns casais com interesses semelhantes no Fetlife e eles se encontravam a cada poucas semanas. Ele foi minucioso nos detalhes, mas parecia que seus encontros eram muito sexuais de uma forma não totalmente monogâmica. Um olhar melancólico passou por suas feições enquanto ele descrevia a dinâmica aberta entre eles, como eles se capacitavam e se apoiavam e como era bom ser abertamente excêntrico com pessoas que entendiam. Aparentemente, ele se distanciou deles desde a separação. Essa amiga dele, Cathy, fazia parte daquele grupo com sua amante, e ela morava a uma curta caminhada de distância. Mundo pequeno.

PARTE 3

Cathy apareceu em nossa mesa no momento em que estávamos pagando a conta. Digo 'apareceu' porque realmente parecia que ela se materializou do nada. Em um segundo, Richard estava fazendo contas de gorjeta e, no seguinte, havia uma mulher pequena e pálida abraçando-o. Deduzi que eles não se viam há algum tempo pelas acusações dela de que Richard era péssimo em manter contato e era um idiota por provocar um reencontro com ela no meio da noite.

Assim como Richard disse, eu gostei da aparência dela. Ela era pequena, uma cabeça mais baixa do que eu, mas atleticamente construída com mãos de aparência dura e pernas de alpinista. Ela usava uma camiseta com estampa de um bar local e jeans rasgados nos joelhos para ser shorts. Seus seios pareciam maravilhosos, firmes e cheios o suficiente para serem divertidos, mas compactos o suficiente para não incomodá-la durante a corrida. Cabelo ruivo de corte curto emoldurava seu rosto, inclinado para o lado para mostrar os piercings orbitais e helix em uma orelha. Ela estava focada em me olhar simultaneamente enquanto eu a observava. Nossos olhos se encontraram e a centelha de atração entre nós teria feito meu gaydar tocar, mesmo que Richard não tivesse mencionado sua amante. Meu tipo mesmo. Sentei-me ereta e fiz uma demonstração de empinar o peito.

Ela gostou do que viu. "Quem é seu amigo fofo?" Ela perguntou. Quando ouviu meu nome, Cathy engasgou: "É de você que ele está sempre falando! É ótimo finalmente conhecê-lo, estou muito feliz que esse idiota finalmente se superou e trouxe você para o nosso mundo."

— Ele está sempre falando de mim? Eu arquivei isso para mais tarde.

"Na verdade," eu apontei, "Ele não fez nada. Eu o convidei para sair e ele ainda está se arrastando sobre isso."

Cathy deu a Richard um olhar incrédulo. "VOCÊ foi convidado para sair por uma garota?"

Ele riu: "É realmente tão difícil acreditar que alguém possa me achar atraente?"

"É difícil acreditar que você precise de outra pessoa para tomar a iniciativa."

Juntei-me ao riso de Richard, feliz por alguém ter apreciado minha luta. "Não se junte a mim também!" ele brincou com as mãos para cima. "De qualquer forma, antes de entrarmos no assunto, provavelmente deveríamos devolver a mesa a eles. Vocês dois estão interessados em sorvete? Há um bom lugar por perto."

Acabamos mastigando maravilhas cremosas de açúcar frio em um parque perto da minha casa. Tínhamos atualizado Cathy e descobri que estava gostando dela. A maneira como ela cruzava o calor borbulhante com a franqueza irreverente tornava muito fácil se conectar com ela. Ela tinha muito a compartilhar sobre 'nosso mundo', como ela disse.

Algumas de suas observações eram pequenas anedotas divertidas. Como, por exemplo, como ela se viu misturando algemas e chicotes em suas analogias e precisava se observar no trabalho. Ou como o motivo mais frequente que ela tinha para interromper uma cena de escravidão era usar o banheiro.

Outros eram maiores e mais abstratos. Tudo na vida de Cathy parecia sobrecarregado. Os altos eram mais altos, os baixos eram mais baixos e ela raramente se sentia neutra. Sua amante estava no controle do orgasmo, então Cathy estava perpetuamente com tesão. Tudo o que ela fazia parecia de alguma forma sexual, desde se vestir de manhã até pedir um Starbucks para conhecer um estranho e checá-lo por reflexo. Às vezes, algo tão simples como respirar fundo em um dia claro e ensolarado pode fazê-la se sentir incrivelmente VIVA em letras maiúsculas . Longe de me assustar, ou seja lá o que Richard esperava, isso me deixou mais interessado. Minhas próprias experiências nesse departamento me deram uma ideia do que ela estava tentando dizer, e gostei da ideia de adicionar um pouco de tempero à minha vida diária. Ela culpou Richard, a quem ela chamava de 'O Mágico', por apresentar sua amante à provocação e negação.

O olhar em seu rosto me fez perguntar: "Por que você é 'O Mágico'?"

Ele me ignorou e fez uma careta para Cathy, "Eu esperava que você tivesse esquecido esse maldito apelido. Por que você não conta a ela sobre o seu, Firefly?" Por alguma razão, apesar de todas as coisas sexuais pessoais que ela já havia compartilhado descaradamente, isso fez as bochechas de Cathy corarem.

"O dela é fácil, o cabelo dela é realmente ardente." Eu apontei.

"Sim, Firefly porque eu sou ruiva," Cathy disse rapidamente, "De qualquer forma, de volta ao Wiz..."

"Cathy." Richard cortou suavemente suas palavras como uma faca. Nem mais alto nem mais baixo, mas com uma autoridade inconfundível que me fez estremecer e Cathy pular como se tivesse sido pega em seu telefone no trabalho.

"Multar!" Ela confessou: "Ganhei meu apelido em nosso pequeno grupo porque, quando a Senhora Sam me bate, minha bunda branca brilha como um vaga-lume." Todos nós rimos. Isso me fez pensar, no entanto. Pessoas suficientes viram esse fenômeno para entrar no apelido?

"Quantas pessoas viram você ser espancado?"

"Todos no grupo de encontro e alguns outros amigos nossos." Ela corou ainda mais, fazendo-a se iluminar de um jeito muito fofo. "Essa não é a merda mais pesada que já aconteceu para uma multidão."

'Qual é a merda mais pesada que aconteceu neste grupo?' Eu me perguntei, mas decidi deixar essa pergunta para outra hora. Richard tinha desviado e eu não podia simplesmente deixá-lo fugir com o foco de atenção longe de si mesmo.

"De volta para você agora. Por que você é o Mágico?"

"É porque ele pode fazer mágica-" Cathy começou

"Eu não posso fazer mágica", disse Richard revirando os olhos.

"—Mesmo que ele negue," ela pressionou através de sua interrupção. "Felizmente, você não precisa acreditar na minha palavra ou na dele! Você pode olhar para algumas evidências e decidir por si mesmo." Ela sacou o telefone.

"Não me diga que você tem aquele vídeo salvo e o carrega para onde quer que vá." Ricardo gemeu.

" Claro que sim! Você tem ideia de como está quente para nós, subs?" Ela passou o telefone para mim, "você tem algum fone de ouvido com você? Aqui, use o meu. Falando sério, Richard, é uma coisa boa para ela ver se você quer dar uma ideia de quão intensa a troca de poder pode ser."

Ele suspirou, mas acenou com a cabeça, "Ok, mas tenha em mente que é o extremo. Deve servir como um aviso."

Eu olhei entre eles, tentando decidir o quão sérios eles estavam. "Isso é um monte de acúmulo. Perdoe-me se eu sou cético, qualquer coisa pode corresponder a isso." Richard sorriu conscientemente, como se para me lembrar que ele passou anos trocando pornografia comigo e ele sabia muito bem o que corresponderia às minhas expectativas.

Fones de ouvido, apertei o play.

Imediatamente, fui assaltado por sexo explícito. A câmera focalizou uma mulher bonita deitada de costas em uma mesa elevada com os olhos fechados, os braços ao lado do corpo e as pernas abertas.

Especificamente, ele se concentrou em sua boceta, que estava claramente muito quente. Riachos de umidade traçaram de sua parte inferior até sua bunda e seus músculos pélvicos tiveram espasmos. Uma figura sombria agachada perto de sua cabeça, parecendo sussurrar em seus ouvidos. Ocasionalmente, ele a acariciava. Seu rosto, seu pescoço, seu cabelo, seus toques eram gentis e pareciam transmitir calor e carinho... e amor.

Eu me mexi desconfortavelmente. Era claramente Chloe na mesa e Richard acima dela. 'Não fique com ciúmes, ele é seu agora, logo esses dedos estarão te acariciando.'

Ele nunca foi abaixo de suas clavículas, mas seu corpo respondeu como se ele tivesse um vibrador pressionado em seu clitóris. Seu abdômen flexionado, seus seios arfaram e todos os seus músculos tremeram. Ela convulsionou, mas nunca se mexeu, como se fosse uma mímica fingindo ser amarrada por cordas invisíveis. Seus braços pressionados para baixo enquanto suas coxas lutavam para se abrirem mais, se apertarem e ficarem perfeitamente imóveis ao mesmo tempo. Minuto a minuto, suas lutas se tornaram mais pronunciadas. Seus lábios vaginais inundaram de sangue e seu clitóris tornou-se claramente visível entre eles. Ela gemia livremente, como uma estrela pornô fazendo o papel de uma prostituta com fome de pau. Richard moveu-se para ficar ao lado dela, como o Príncipe Encantado curvado sobre Branca de Neve, mas infinitamente mais classificado como X. Ainda sussurrando para ela, ele avançou em direção a sua boca. Os quadris de Chloe se ergueram no ar, ficando mais frenéticos conforme Richard se aproximava de seu alvo.

Então Richard a beijou e a boceta de Chloe explodiu em orgasmo. Seu clitóris parecia prestes a estourar e sua vagina não poderia ter se contraído com mais força se ela tivesse um pênis enterrado dentro dela para agarrar. Eu senti meu queixo cair. Nada além de ar havia tocado qualquer parte erógena dela. Meu próprio corpo respondeu à fúria crua do orgasmo de Chloe enquanto ela gozava e gozava . Os lábios de Richard ainda pressionados contra os dela, sua língua claramente em sua boca, seu orgasmo durou um minuto e meio.

A tela ficou preta.

"Como diabos você fez isso?" Eu exigi de Richard. Ele e Cathy riram.

"Você deveria ter visto seus olhos ficando maiores," Cathy brincou comigo, "Como eu disse, ele é um maldito bruxo."

Richard deu de ombros, mas parecia nitidamente satisfeito consigo mesmo. "Simples. Eu disse a ela para gozar e ela obedeceu."

"Como isso pode ser um aviso?" Perguntei. "Nenhuma mulher na Terra poderia ver isso e não querer provar. Faça isso comigo também, por favor." Apontei para a tela: "Vou comer o que ela está comendo."

"Ok, brincadeiras à parte, há muito condicionamento que torna a hipnose como essa possível." Cathy murmurou 'Mago' pelas costas de Richard quando ele disse 'hipnose'. "Não é controle da mente, é necessário que ela queira genuinamente me deixar entrar em sua mente e me obedecer. De qualquer forma, volte um segundo. Você pode se dar um orgasmo sem as mãos? Qualquer um de vocês? Claro que não, isso é por que o vídeo é tão fascinante para você. Chloe também não."

"Mas", fiz um gesto para o telefone, "acabo de vê-la fazer isso."

"Sim e não. Sim, ela teve um orgasmo sem estimulação física. Mas não, ela não podia dar a si mesma. Ela não conseguia pensar que estava no limite, ela precisava de mim para convencê-la disso. Ela veio porque Eu disse a ela. Isso, Erika, é o seu aviso. Seu sorriso desapareceu e seu olhar fixo em mim, como se tentando forçar sua mensagem em mim com o peso dela. "De uma forma muito real, eu disse a ela para fazer algo que era impossível para ela sozinha, mas ela me obedeceu de qualquer maneira. Isso é quanto poder um dominante pode exercer sobre um submisso. Isso é quanto controle eu posso ter sobre você . Se isso não o preocupa, pelo menos um pouco, deveria."

Cathy assentiu, também séria, "É verdade. É o mesmo para mim. Depois de um tempo, você fica tão acostumado a se submeter e ser obediente que a desobediência parece visceralmente errada. Tipo, mesmo apenas a ideia disso. Eu também sou super sensível a tudo da minha amante. Acho que isso é verdade para todos os submissos. Se o seu Dom está bravo com você, ou inferno, mesmo que apenas um pouco desapontado, isso arruína você. Não consigo comer, não consigo dormir, não consigo pensar em nada outra coisa. Você fará de tudo para evitar esse sentimento."

Isso entrou na minha cabeça. Eu já era muito sensível com Richard. Inferno, eu passei uma semana me limitando apenas para tentar abafar meu medo de me sentir rejeitada por ele. Eu sentiria esse medo ainda mais intensamente? Isso se expandiria para incluir qualquer tipo de negatividade dele? Isso me preocupou. Eu nunca quis ser tão carente emocionalmente, mas eu já não estava a caminho disso?

Mas isso não nos deu crédito suficiente como um par, certo? Richard se importava comigo. Ele sempre se importou comigo como seu melhor amigo e agora eu sabia que ele se importaria ainda mais como meu amante. Eu podia sentir isso profundamente dentro de mim. Ele realmente se importava em garantir que eu estivesse confortável e seguro.

"Eu confio em você", tentei colocar o máximo de sentimento possível nas palavras, para tranqüilizá-lo de que eu realmente quis dizer isso. Eu sempre fui péssimo em transmitir minhas emoções, mas seu sorriso de volta me deixou saber que ele entendeu. Encontrei seus olhos, tentando transmitir o máximo de emoção possível, mas senti que estava me perdendo nos belos padrões de azul, azul-petróleo e amarelo ao redor de suas pupilas negras. Ele, por outro lado, parecia estar olhando além do meu exterior para dentro de mim. Eu queria me mostrar para ele, para ele me ver. 'Eu confio em você, eu quero você.' Tentei transmitir meus pensamentos em sua cabeça através de nossos olhos. 'Eu confio em você. Quero você. Eu quero todos vocês. Eu quero fazer-te feliz. Eu quero beijar-'

O pensamento mal havia começado quando de repente não havia espaço entre nós. Seus braços em volta de mim, seu rosto a centímetros do meu, ele parecia se elevar sobre mim apesar de ter a mesma altura. Eu respirei em seu calor e proximidade e senti meus olhos se fecharem sozinhos. 'Oh meu deus oh meu deus oh meu deus.' Por mais romanticamente cafona que pareça, quando seus lábios tocaram os meus, minhas pernas quase cederam . Meu corpo inteiro pareceu suspirar de uma vez e eu mal tive tempo de registrar o quão quente seus lábios estavam antes de sua língua estar na minha boca. Ele sentiu tanto calor porque o sorvete me esfriou? Por que não funcionou com ele? Por que eu estava pensando em sorvete em um momento como este? Desliguei minha mente e me pressionei contra ele. Minha língua lutou com a dele e nós dançamos em volta da minha boca. Por mais que tentasse, não conseguia ganhar terreno em sua boca. Nós alternamos entre entrelaçar nossas línguas e ele prender a minha. Ele me segurou perto para me fazer sentir desejada, desejada de uma forma que eu precisava sentir dele por anos.

Foi perfeito. Em retrospecto, não posso dizer se foi assim porque o beijo foi realmente bom ou porque foi nosso primeiro simbólico. Na época, senti pura alegria exultante. Bem, talvez não seja realmente alegria 'pura'. Foi diluído com um pouco de luxúria. Tudo bem, talvez muita luxúria. Eu estava ofegante, molhada em alguns lugares e dura como pedra em outros quando finalmente nos separamos.

"Você leu minha mente," eu sussurrei para ele, "Você realmente é um mago."

"Sem mágica, simples biologia trouxa. Suas pupilas estavam muito dilatadas. Significa que você está excitado."

"Uau, vocês dois parecem que precisavam disso." Eu tinha me esquecido de Cathy!

"Desculpe! Não queríamos transformá-lo em uma terceira roda."

"É legal, eu rastejei em muitas sessões de amasso. No que diz respeito aos heteros , isso foi muito quente . Eu dou a vocês 8 de 10. Pontos para sede crua, mas poderia ser melhorado com mais apalpação e menos roupas."

'Menos roupas! Agora há uma ideia. Percebi que estava apalpando descaradamente o peito de Richard ao longo dos botões de sua camisa. Cathy percebeu com um sorriso malicioso, " Dito isso , acho que vou para casa agora. Vou te encontrar online, Erika. Tenho certeza que verei vocês dois em breve!" Ela pode ter desaparecido tão repentinamente quanto apareceu. Eu não sei, eu estava muito ocupada sorrindo como uma idiota para Richard.

"Vamos para casa", eu disse. Ver seu aceno parecia pura vitória.

PARTE 4

43

Meu minúsculo apartamento parecia completamente diferente. Richard sentou-se na confortável cadeira da minha escrivaninha enquanto eu ocupava a dura cadeira dobrável normalmente reservada para convidados. Isso meio que aconteceu dessa maneira. Como se fosse a casa dele e eu só estivesse morando aqui. Eu lancei um olhar tímido ao redor do lugar. Minhas roupas de trabalho ainda estavam amontoadas onde eu as havia jogado antes, minha cama estava desarrumada contra a parede dos fundos, os pratos ainda estavam na pia e minha mesa estava completamente bagunçada. Richard notou que o disco rígido ainda estava conectado ao meu laptop e perguntou se eu o havia usado recentemente. Senti meu sangue subir. Pode ter sido o golpe mais sexual que ele já deu em mim.

Gostei e, depois de todo o acúmulo, estava cansado de esperar. Então, eu contei a ele tudo sobre o que eu estava fazendo antes do jantar. Contei a ele como fiz a mesma coisa todos os dias durante uma semana, trabalhando até hoje à noite. Eu liguei o flerte erótico que eu sempre quis ser para ele, sendo tão provocante quanto possível, descrevendo meus dedos torcendo dentro de mim enquanto eu imaginava todas as coisas que eu faria com ele e ele faria comigo. Como eu chuparia tudo dele até suas bolas até que ele crescesse duro na minha garganta. Como eu estive tão molhada por horas que ele deslizou para dentro de mim instantaneamente sem nenhuma preliminar. Como eu desejava que ele tivesse empurrado para dentro de mim, forte e rápido, batendo forte o suficiente para fazer a cama tremer.

Ele ouviu, educadamente atento como sempre, tão casual como se estivéssemos conversando sobre onde almoçar. "E você diz que é ruim em se expressar", comentou ironicamente. Sua postura mudou sutilmente de casualmente relaxada para mais focada e intensa. "Isso é o que você quer, hein? 'Engasgar com meu pau e ser fodido até as lascas', como você tão eloquentemente colocou?" Engoli em seco e balancei a cabeça, minhas palavras soando muito mais sujas vindo de sua boca. "Bem, vamos chegar a isso em breve. Primeiro, porém, precisamos falar sobre as duas leis."

"Apenas duas regras?"

"Oh não, você terá toneladas de regras para acompanhar. Estas são diferentes, elas são chamadas de leis por um motivo. Quando você começa a entender, as regras são apenas parte do jogo. Se você desobedecer as regras, você recebe uma punição sexy e o jogo continua.As leis, por outro lado, devem ser sempre obedecidas por nós dois.

"A primeira lei é para palavras seguras. Vermelho e Amarelo. Diga 'Vermelho' a qualquer momento e tudo para. Diga 'Amarelo' e nós desaceleramos. As palavras seguras existem para nos manter seguros e para nos ajudar a nos sentirmos confortáveis. Você pode usá-los a qualquer momento, por qualquer motivo. Conversaremos sobre como você está se sentindo e como ajudá-lo a se sentir melhor. Nunca há vergonha em usar uma palavra segura. Seu foco acrescentou uma vantagem às suas palavras: "Não mostra falta de confiança ou vontade de se submeter ou algo assim. Você nunca deve se sentir pressionado contra usá-los. Se alguém tentar dizer o contrário, diga-lhes para foder eles mesmos.

"A segunda lei envolve a honestidade. Nunca vou mentir para você e espero que você sempre seja honesto comigo. Se, por exemplo, estou batendo em você e checo como você está, espero que você seja honesto. Se você está com muita dor e não aguenta mais, espero que me diga isso e não minta porque acha que é o que eu quero ouvir. Da mesma forma, se você acha que estragou tudo e eu digo que é ok e eu não estou com raiva, você deve acreditar nisso e não duvidar.

"Basicamente, as duas leis são sobre comunicação aberta e honesta. É importante para todos os casais, mas é especialmente crítico para BDSM. A troca de poder é mais do que complicada o suficiente sem ter que lidar com coisas básicas como essa."

"Vermelho e amarelo. Fácil de lembrar. Eu entendo. Mas isso não significa que eu poderia simplesmente reclamar para não ser amarrado ou espancado?" Isso mudou seu sorriso de sério para lupino.

"Isso pode ser uma preocupação para algumas pessoas, mas não para você. Você não sabe como fazer nada pela metade . É parte do que o torna tão atraente para mim. Não estou preocupado com você dando menos de 100 por cento, Estou preocupado com você tentando se esforçar 130 por cento e se machucar."

"É justo," eu balancei a cabeça.

Ele se sentou lentamente, de alguma forma parecendo ganhar mais altura do que deveria. Ele parecia um predador olhando para uma presa muito saborosa. Isso me fez sentir simultaneamente menor, mas desejada. "Você esteve no controle de si mesmo toda a sua vida. Como você gasta seu tempo, como você se move, quem você persegue, como você faz sexo... Você é uma virgem neste novo mundo, Erika. Uma mulher muito excitada e virgem disposta." Seu sorriso selvagem se alargou, como se eu fosse um bife com cheiro suculento, "Então agora... você está pronto para abrir mão de algum controle?"

Eu nunca estive mais pronto!

Anticlimáticamente, ele não me empurrou para o chão e me fodeu. Em vez disso, ele me instruiu a ficar de costas para a parede. Isso e nada mais. Ele se sentou, seus olhos vagando sobre mim enquanto eu estava inquieto. Ele parecia alguém em um museu tomando seu tempo para apreciar a pintura de um mestre. Sem se concentrar em nenhuma parte de mim em particular, ele parecia estar capturando tudo de uma vez. Imaginei que podia sentir seu olhar como uma sensação física muito leve brincando sobre minha pele. Isso me fez sentir muito exposta, apesar de ainda estar completamente vestida.

"Você sabe por que eu acho você atraente?" Ele perguntou. Fiquei surpreso com a rapidez e com a própria pergunta. Até algumas horas atrás, eu tinha certeza de que ele não estava nem um pouco interessado em mim.

"Não—hum—" Percebi que deveria dar a ele algum título honorífico, mas não sabia o que usar, então optei por "—Mestre." Isso ganhou uma risada dele.

"Eu prefiro 'senhor', mas gosto de onde sua cabeça está."

"Ah. Posso perguntar por quê?"

"Você sempre pode perguntar 'por quê'. Normalmente, eu até respondo. Mestre implica um nível de... bem, maestria, que eu não sinto que possuo. Na verdade, é parte do motivo pelo qual não gosto do apelido de 'Mago' tanto. Ambos parecem transmitir uma sensação de infalibilidade que não é minha.

"Oh. Ok, senhor. Não, eu não sei."

"Você é forte, determinado, altamente inteligente", ele se levantou e veio em minha direção, "e você possui um senso de identidade que é inteiramente seu. Você procura e faz o que te faz feliz simplesmente porque te faz feliz, expectativas de outros que se danem. Admiro essa bravura em você. Meu rosto esquentou com seu elogio e eu inchei de orgulho. Foi fantástico ser reconhecido assim por ele!

No entanto, eu estava curioso, "mas esses não são realmente traços muito submissos, senhor?"

"Pelo contrário, essas são as características mais atraentes que um submisso pode ter. Qualquer um pode dominar alguém fraco. Pode ser divertido, mas não há nada de especial nisso. Alguém fraco tem pouco poder para ceder ao dominante." Ele acariciou levemente minha bochecha, as pontas dos dedos enviando arrepios por toda a minha cabeça, "Mas quando alguém forte escolhe desistir de seu poder para um dominante... bem, agora, isso é algo completamente diferente." Sua mão serpenteou para a parte de trás da minha cabeça, segurando meu cabelo com firmeza, mas não desconfortavelmente. Descobri que não poderia me mover, não poderia me virar se quisesse. Eu não queria, eu me inclinei para trás em sua mão querendo sentir mais.

"Você tem tanto poder dentro de você, Erika", ele sussurrou, seu rosto a pouco mais de um centímetro do meu. "Sentir isso é muito inebriante para mim." Ele respirou fundo, como um conhecedor cheirando um bom vinho. Seus lábios consumiram minha visão, tão perto da minha. Eu queria senti-los novamente, mas seu aperto no cabelo logo atrás da minha cabeça me manteve firme no lugar. Eu tentei me inclinar para frente, meu desejo guerreando brevemente contra seu aperto em mim, antes de desistir e me deixar descansar em sua mão novamente. Eu nunca me senti tão controlada antes em minha vida. Seus olhos ardiam em mim e minha respiração vinha em suspiros curtos. Eu me perguntei se minhas pupilas estavam dilatando novamente.

Então Richard me soltou e recuou. "Tire a blusa e o sutiã", disse ele. Casualmente, como se tivesse perguntado que horas eram.

Algo sobre isso me fez corar novamente. Eu queria isso. Eu queria sentir mais e ir muito mais longe. Mas, de alguma forma, realmente dar o primeiro passo e expor meus seios para ele me deixou muito nervosa. As pontadas de incerteza sobre o meu corpo se infiltraram nos cantos da minha mente. E se eu parecesse muito moleca para ele? Minhas mãos não entraram em ação para obedecer automaticamente ao seu comando. Isso teria sido muito fácil. Em vez disso, eles se atrapalharam atrás de mim com o fecho como um virginal colegial tentando alcançar a segunda base. Ele finalmente se abriu e eu joguei o sutiã para o lado. Ironicamente, caiu bem ao lado da minha cama em cima das minhas roupas descartadas de horas atrás.

Eu amo meus peitos. Eu absolutamente os adoro até a morte. Eu amo como eles se sentem em minhas mãos, eu amo o prazer que eles me dão, eu amo a sensação de liberdade quando eles vêm soltos depois de um longo dia em um sutiã. E, naquele momento, eu absolutamente AMEI o efeito que eles tiveram em Richard. Seus olhos estavam grudados neles e ele balançou a cabeça levemente em apreciação. Talvez eu tenha imaginado, mas podia jurar que havia uma protuberância crescendo em suas calças.

"Entrelace os dedos atrás da cabeça e arqueie ligeiramente as costas." Eu rapidamente obedeci, levantando meus braços e pressionando meu peito para fora, deixando meus seios o mais proeminentes possível. Mais uma vez, seus dedos traçaram sobre minha pele, desta vez na minha barriga. "Fique quieto."

"Sim, senhor," eu prometi. Ele deslizou sobre meu abdômen macio e duro, apenas levemente o suficiente para enviar pequenos tentáculos de prazer através de mim com seu toque. Arrepios corriam por mim quanto mais alto ele subia, centímetro a centímetro acima do meu estômago. Ele me provocou, indo agonizantemente devagar, sentindo minha pele nua por toda parte, exceto os pontos que eu queria. Meus mamilos ficaram mais duros e mais pronunciados a cada batida do coração. Eles clamavam por atenção, para serem acariciados, beliscados e acariciados. No entanto, para minha consternação, ele passou por cima deles e se concentrou em meus braços e ombros.

"Você tem tríceps e ombros excelentes", ele elogiou com admiração. Isso quase compensou todas as provocações. Há um grupo seleto de coisas pelas quais as garotas estão acostumadas a receber elogios dos homens, e esses músculos não estão na lista. Ele gostou do meu corpo pelo que ele era!

"Obrigado, senhor! São anos de basquete e suor na academia."

Finalmente, em um movimento, ele segurou meus dois seios. Eles se expandiram em suas mãos fortes e firmes enquanto eu inalava, me fazendo ofegar de prazer.

"Estes são muito sensíveis?" ele perguntou, percebendo minha reação.

"Normalmente não tanto." Eu estava tendo grande dificuldade em me manter parada e não me pressionar contra ele. Ele apertou levemente, claramente gostando de me acariciar tanto quanto eu. Fechei os olhos e absorvi as sensações. Meu peito se encheu de prazer quando me apresentei a Richard para brincar como ele desejasse. Estava bem.

Meus mamilos explodiram. Meus olhos se abriram e eu me dobrei, deixando escapar um gemido estranho. Richard tinha meus botões altamente excitados entre seus dedos e ele os estava enrolando não muito gentilmente.

"Fique parada," ele me lembrou. Eu balancei a cabeça, mas foi muito difícil. Prazer surgiu através de mim, temperado com um pouco de dor quando ele apertou. Cada pulso de sensação enviava uma sacudida para o meu clitóris. Eu me senti como seu brinquedo. Como se meu corpo existisse para sua diversão e minha consciência existisse para aumentar sua diversão. Ele beliscou e apertou, gostando de me ver alternar entre suspiros de prazer e gritos assustados.

"Prazer ou dor?" ele perguntou.

"Ambos", eu engasguei, "é muito intenso." Ele sorriu amplamente e os soltou, amassando meus seios enquanto dava tempo para os mamilos se recuperarem. Se alguma coisa, isso foi ainda mais intenso do que antes. Sensações de formigamento poderosas concentraram todo o meu foco em dois pontos sensíveis enquanto o sangue voltava para eles.

"Seu rosto é maravilhosamente expressivo. Muito genuíno. Agora tire o resto de suas roupas."

Desta vez, obedeci sem hesitar. Minha calça jeans e calcinha estavam sobre meus quadris e minhas pernas antes que eu registrasse totalmente o que ele disse. Eu estava tão molhada, tão pronta para algum prazer real, que mal podia esperar para colocar minha boceta para brincar. Eu bati em um leve obstáculo em torno de minhas panturrilhas. Sério, quem desenhou jeans femininos não tinha em mente uma remoção rápida, especialmente de pernas atléticas. Finalmente, totalmente nua, parei diante de Richard.

Eu esperava que ele me provocasse ainda mais, mas em vez disso ele imediatamente acariciou meu arbusto.

"Raspe isso antes do nosso próximo encontro."

Ok, talvez isso fosse realmente mais uma provocação. Ele mal deu a minha boceta qualquer pressão ou contato, simplesmente acariciando suavemente e puxando meu cabelo. Foi muito perturbador. "Eu pensei que você gostasse de um pouco de cabelo em uma boceta", eu disse.

"Sim, e isso é muito bom. No entanto, vou aprender seu corpo e como ele responde, então ter uma visão clara do seu sexo será muito útil. Além disso, você valoriza muito o seu arbusto, então raspe-o para mim será um lembrete diário de sua submissão."

Engoli em seco, "Sim, senhor." 'Ele deve sentir como estou molhada. Vamos, foda-me!' Tentei empurrar discretamente meus quadris para frente, só um pouquinho, mas ele ajustou a mão antes que eu pudesse fazer qualquer contato.

Richard sentou-se novamente e acenou para que eu avançasse. "Ajoelhar." Fiquei muito agradecido por ter colocado um tapete. Minhas respostas estavam vindo mais rápido, com menos pensamento da minha parte. Estabelecer-se em seu controle era bom. Eu realmente não tive que pensar muito, apenas sentir e aproveitar. "Joelhos um pouco mais abertos, cruze os braços atrás das costas. Segure os antebraços o mais alto que puder." Ele me guiou para a posição que queria, com os seios para fora e as pernas bem abertas, dizendo que se chamava 'Postura Exposta.'

Exposto é certo. Puta merda, isso é intenso. Richard se elevava sobre mim como uma estátua. Eu só cheguei até o terceiro botão de seu cinto. Ainda totalmente vestido com seu terno impecável e limpo, Richard olhou para minha nudez completa. A diferença de altura parecia distintamente nova e estranha para mim. Sempre tivemos alturas parecidas, estava acostumada a vê-lo no meu nível. Agora, ele poderia muito bem ser Zeus sentado no topo do Olimpo. Além disso, a pose em si era mais exigente do que eu pensava. Meus joelhos afundaram com força no tapete e meus ombros estavam infelizes com o quanto eles estavam sendo solicitados a alongar.

Tentei entender tudo o que estava sentindo, mas desisti. Dizer que me sentia exposta ou vulnerável não esclarecia. Eu estava ajoelhado no chão aos pés do meu melhor amigo porque ele me disse para fazer isso. Mas mais do que isso, eu estava aqui porque queria estar. Eu queria obedecê-lo, e expressar isso tão abertamente me fez sentir mais nua do que a simples falta de roupas poderia explicar.

Mas não. 'Vulnerável' implica algum tipo de ameaça percebida, não é? Isso não estava certo. Eu me senti completamente seguro, mantido firmemente no controle. Era quase libertador sentir-se tão despreocupado. Parecia muito... aberto. Como se meu eu interior estivesse em exibição junto com meu corpo.

"Você é linda." Ele me disse, olhando para mim com apreço. De repente, percebi que ajoelhar-me me deixava muito mais perto da protuberância em suas calças. A protuberância distintamente em forma de pênis logo abaixo da fivela do cinto. Lambi meus lábios, faminta por isso. Dois dedos sob meu queixo chamaram minha atenção de volta para seu rosto. "Dê prazer a si mesmo."

"O que?"

"Você me ouviu."

Meus braços se contraíram atrás de mim. "Tipo... Masturbação? Senhor?"

"De fato."

Sim, tudo o que eu disse antes sobre me sentir nu? Esqueça tudo isso, é para isso que eu deveria ter guardado essas descrições. Meus dedos deslizaram entre meus lábios com mais facilidade do que um patinador em uma pista de gelo. Aquele primeiro deslize longo e duro sobre meu clitóris pareceu chocar meu sistema, levando-me de me sentir provocado a completo, pronto para foder! Achei que ia gozar ali mesmo.

Ele se moveu do meu queixo para acariciar minha bochecha, brincando gentilmente com algumas mechas de cabelo.

"Você precisa da minha permissão antes de ter um orgasmo, meu animal de estimação." Eu gemi de prazer, os sons molhados do meu schlicking enchendo a sala. "Você é minha agora. Sua sexualidade é minha para brincar. Eu decido quando você gozar... se você gozar." É completamente injusto como me dizem que não tenho controle sobre meus próprios orgasmos, me excita tanto e me faz querer gozar AGORA! Eu senti isso fervendo dentro de mim, a pressão, aumentando a necessidade de alívio. Foi demais, avassalador, ajoelhado com minha boceta bem aberta, me fodendo por seu capricho.

Ele observou atentamente, prestando muita atenção aos meus dedos, notando como eu favorecia meu clitóris e me movia para a penetração quando me sentia perto de gozar. Quando eu estava começando a me ajustar ao que estava acontecendo, ele acrescentou mais um nível.

"Continue olhando para os meus olhos, não olhe para baixo." Por que eu olharia para baixo? Sua expressão olhando para mim era linda. Sua emoção escrita ali me fez sentir tão especial. Seu sorriso brincalhão e conhecedor estava de volta, no entanto. Aquele maldito sorriso que sempre significava que ele sabia algo que eu não sabia.

Eu ouvi um zíper. 'Oh meu Deus, é isso? Ele acabou? Sem olhar, eu instintivamente sabia que seu pênis estava livre e a centímetros de mim. Um olhar para baixo e eu finalmente o veria. O pau de Richard... quantas noites eu tinha adormecido sonhando em ser fodida por ele? Quantas aulas eu sonhei acordada ao imaginá-lo nu? Agora estava bem ali! Mas eu não conseguia olhar para ele. Era tão difícil obedecer que continuei involuntariamente abaixando minha cabeça e precisando forçá-la de volta.

Claro, só piorou quando percebi que ele estava se acariciando. O calor entre minhas pernas aumentou e eu apertei meus dedos.

"Por favor", eu choraminguei, "é tão difícil, por favor, posso olhar?"

"Estou gostando de ver você lutar. Ver você escolher a obediência sobre o seu próprio desejo é muito quente. Você está indo bem." Ele parecia orgulhoso. Orgulhoso de mim! Eu queria ser forte para ele, mas meus hormônios estavam todos contra mim. Eu o queria muito por muito tempo, era uma tortura suportar. Apenas alguns centímetros de distância e eu sentiria sua suavidade dura... Sentia falta da sensação de antes, da liberdade que eu sentia sem ter que lutar e tomar decisões.

Então, em vez de seu pênis, procurei sua outra mão e a trouxe até minha cabeça. Ele entendeu sem palavras, segurando meu cabelo logo atrás da minha cabeça mais uma vez e me segurando firmemente no lugar. Imediatamente senti um fardo sair de cima de mim. Não precisava mais me policiar ou me preocupar em poder obedecer. Eu me aninhei suavemente em seu braço, apreciando a sensação de sua pele quente contra minha bochecha e a força autoritária de seu aperto.

Eu me senti conectado a ele. Um vínculo parecia ter se formado entre nós, mais forte do que o domínio físico que ele tinha sobre mim. Como se dar a ele minha força e meus problemas e ele ser forte por mim nos aproximasse. Parecia muito íntimo e muito, muito sexual. Eu estava gastando mais tempo fora do meu clitóris do que nele para evitar tombar. Eu quero gozar. Cada célula do meu corpo queria gozar! Mas eu também podia sentir o quanto meus contínuos afastamentos de meu clitóris, longe de gozar, excitavam Richard. Eu seria obediente por ele! Foi difícil, mas continuei avançando, obtendo minha satisfação de sua respiração acelerada e tapeçaria de prazer facial.

Não tenho certeza de quanto tempo ficamos olhando intimamente um para o outro. O tempo parecia meio amorfo, como se existíssemos juntos em uma bolha onde nada mais importasse. Um batimento cardíaco após o outro, um círculo sobre meu clitóris latejante e hipersensível e um gemido suave contra seu braço, circulando em um loop.

"Como você está se sentindo?" ele finalmente fez o check-in.

"Um pouco sobrecarregado, senhor. Mas no bom sentido!"

"Bom. Hora de passar das preliminares." Engoli em seco quando o senti guiar minha cabeça para baixo, "você pode parecer o quanto quiser agora. Se você não estiver muito perto, claro." Eu estava indo direto para o colo dele!

É difícil dizer se ele estava guiando minha boca para seu pau ou se ele estava me impedindo de enfiar minha cabeça em sua virilha. Ele mal passou pela minha visão antes que eu o tivesse engolfado entre meus lábios. Cada centímetro de sua masculinidade passando dentro de mim parecia me encher de vertigem, como se eu tivesse acabado de descobrir o maior brinquedo de todos os tempos. Eu estava determinada a sentir o máximo possível, explorar cada parte dele com a minha língua. Seu gosto tomou conta de mim, combinado com seu cheiro e sua excitação pulsante, tudo vindo para mim de uma vez. Almiscarado, pele macia cobrindo desejo duro como pedra, com um toque de pré-sêmen com sabor salgado. Lentamente, eu me afastei, passando minha língua de um lado para o outro em sua parte inferior. 'Deve estar aqui, logo abaixo da cabeça...' Ele gemeu, forte e longo, quando eu atingi o ponto ideal.

Eu me senti intensamente satisfeito por poder trazer aquele som de homem sexy para fora dele, além de seu autocontrole dominante, mas tive pouco tempo para me parabenizar. Seu aperto firme em meu cabelo me pressionou para baixo novamente, lentamente cada vez mais fundo.

"Diga-me quando for demais."

Eu adoro fazer boquetes. Eu amo tudo sobre sexo oral, mas garganta profunda nunca foi meu forte. Ainda havia uns bons cinco centímetros de pau deixados além dos meus lábios quando sua cabeça bateu na parte de trás da minha garganta e sua mão guiada parou de pressionar para frente. Eu queria mais, tentei conseguir mais, mas minha maldita garganta simplesmente não tinha nada disso. Engasguei com força e fui forçado a recuar.

Ele não me deu tempo para me sentir desapontado. "Isso foi fantástico", ele sorriu para mim, "Desta vez você vai provar meu esperma."

Ele me guiou em um ritmo constante. Para cima e para baixo, sua mão na minha cabeça, parando em cada movimento ascendente para me deixar lamber seu ponto doce antes de me derrubar novamente. Realmente parecia orientação e não força. Como se fosse eu quem fizesse o boquete nele, em vez de ele aceitar o boquete de mim, se é que isso faz sentido. Ele estava simplesmente me mostrando como ele gostava mais. No entanto, a experiência me fez sentir profundamente submisso. Ajoelhada diante dele como se ele fosse meu rei, adorando-o enquanto ignorava o quanto isso estava deixando minha boceta já latejante ainda mais molhada.

Eu estava no céu. Eu cantarolei baixo em minha garganta para vibrar seu pênis, ganhando outro gemido gratificante de prazer dele. Chupei-o forte e desleixado, mantendo minha língua constantemente trabalhando ao redor e ao redor enquanto seu prazer aumentava. Fluxos constantes de salinidade acompanharam as palpitações mais rápidas de preenchimento da mandíbula enquanto eu o chupava. Eu fiz o meu melhor para manter contato visual, olhando para cima e tentando comunicar com minha expressão o quanto eu amava seu pau, mantendo meu foco interno. Foi realmente muito trabalho! Em cima - lamba rapidamente sob a cabeça. Deslize para baixo - passe minha língua por todo o seu eixo. Na base—cantarolar fundo, sorrir sem liberar o selo. Deslize de volta para cima - chupe o mais forte que puder para dar pressão na cabeça dele. De novo e de novo enquanto ele me guiava para cima e para baixo, acelerando-me gentilmente conforme ele se aproximava. Eu me peguei desejando que houvesse algum tipo de máquina de mandíbula na academia. Minha língua queimou e eu estava ficando sem ar.

Prazer, cada vez mais descontrolado, fluiu livremente por seu rosto até que finalmente ele me segurou firme e convulsionou poderosamente. Fluxos de esperma quente me encheram, cobrindo a parte de trás da minha garganta e dentro das minhas bochechas enquanto eu tentava freneticamente engolir e continuar lambendo-o ao mesmo tempo. Parecia um fluxo infinito, jorro após jorro disparado dele, superando rapidamente meus esforços para manter o ritmo. Eu estava prestes a derramar um pouco quando ele finalmente diminuiu a velocidade e, com um gemido pesado, caiu para trás e saiu de mim.

Eu saboreei o restante de seu esperma na minha boca. Eu realmente não gosto do sabor e da textura do esperma. Vamos enfrentá-lo, quem faz? Mas senti-lo ali, vendo o sorriso satisfeito em seu rosto e lembrando-me da sensação dele estremecendo e pulsando quando ele o deu para mim... parecia um troféu. Eu o fiz se sentir tão incrível! Meu corpo o excitou tanto que ele precisou chupar seu pau, e ele gostou tanto da minha cabeça que transbordou minha boca com porra . Isso me fez brilhar de orgulho.

Ao mesmo tempo, uma pequena sombra de decepção cresceu no fundo da minha mente, ligada diretamente à minha boceta gotejante e tristemente vazia. Com Richard esgotado, eu não seria fodida esta noite. Tentei dizer a mim mesmo que era estúpido e ganancioso da minha parte me sentir decepcionado com isso. Eu deveria pensar nas necessidades dele antes das minhas. Foi para isso que eu me inscrevi. Na verdade, o que eu praticamente implorei a ele. Eu sabia disso, mas ainda assim, depois de compartilhar uma experiência tão intimamente erótica com ele, acho que nunca senti tanto tesão em minha vida. Eu queria gozar, droga! Foi fodidamente difícil chegar a um acordo com isso.

"Você é muito bom nisso", Richard havia se recuperado e estava estendendo a mão para mim, "venha, seus joelhos devem estar te matando." Eles eram, embora eu não tivesse notado até então. Eu estava muito distraída com muitas outras coisas.

Antes que eu pudesse me alongar adequadamente, porém, me vi completamente levantada do chão envolta nos braços de Richard. "Você me deixou muito feliz hoje", ele sussurrou em meu ouvido, "você merece uma recompensa." Meu coração deu um pulo enquanto ele me carregava pela curta distância até minha cama. Sem peso em seus braços, me senti hipnotizada por seus olhos sem fundo tão próximos. Realmente não era justo, o jeito que ele podia apertar um botão e sobrecarregar minhas emoções assim.

Ele me deitou com travesseiros confortavelmente sustentando minha cabeça. Mais uma vez em cima de mim, ele lentamente brincou com meu cabelo entre os dedos. Apesar de ainda estar nua e ele ainda estar totalmente vestido, eu não me sentia tão nua . Parecia mais... íntimo? Confortável? Natural? Não sei. Eu estava tendo problemas para pensar direito, meu mundo estava se contraindo em pequenos pontos. As manchas no meu rosto onde seus dedos me roçaram, a sensação enquanto ele brincava com minha franja, o ponto no meu pescoço onde ele me beijou, a seda sob minhas mãos onde eu estava esfregando seu peito e a necessidade sempre presente dentro de mim que se tornava mais urgente a cada minuto.

Seus dedos traçaram meu corpo enquanto ele se posicionava confortavelmente entre minhas pernas. Eu dei uma olhada dupla. Entre minhas pernas! Ele estava pronto como se estivesse prestes a me comer!

Ele riu e eu podia sentir sua respiração na parte superior das minhas coxas, "Surpresa?"

"Hum, sim, senhor." Ele esfregou minhas coxas, lentamente abrindo minhas pernas o máximo que podiam e enviando raios de prazer diretamente para o meu núcleo. "Não é—*gemido*—o que eu esperava."

"As pessoas parecem pensar que cunilíngua não é viril ou dominante. Nada poderia estar mais longe da verdade. Se você fosse uma marionete, suas cordas estariam bem aqui. Com um leve empurrão—" ele pressionou um dedo diretamente entre meus lábios, desenhando-o através da minha fenda e diretamente sobre o meu clitóris. Meu corpo inteiro pulou como se eu tivesse sido atingido por um raio e soltei um grito de surpresa e prazer "- Posso provocar as reações mais adoráveis de você. Existem muito poucas posições em que posso exercer mais controle direto sobre seu corpo."

Ele estava certo. Eu me contorcia e gemia enquanto ele me tocava como um instrumento musical. Provocando meus lábios com longas pinceladas em meus pelos pubianos para me fazer estremecer e empurrar meus quadris. Acariciando minhas coxas com apertos suaves logo abaixo da minha boceta para me fazer tremer e pulsar. Fazendo-me gritar e arquear as costas com um beijo rápido diretamente no meu clitóris. Ele trabalhou com lambidas longas e lentas por todo o caminho e através de mim, cobrindo cada centímetro da minha boceta sensível com a língua.

Ele era como um pesquisador mapeando como eu reagi ao estímulo, testando e experimentando diferentes níveis e combinações de pressão. Isso me manteve adivinhando e meu nível de orgasmo subindo e descendo como uma máquina de eletrocardiograma. Qualquer pressão constante no meu clitóris me levava ao limite em segundos e o fazia recuar em sua provocação. Isso estava me deixando louco! Eu estava queimando de necessidade, muito além do ponto de coerência. Foi tão bom. Tudo sobre a montanha-russa de estimulação parecia tão incrivelmente bom que eu não queria que parasse. Eu queria explodir. Para gozar meu cérebro pela minha boceta em todo o rosto dele. Mas eu também queria que isso durasse para sempre. Eu nunca quis que o prazer acabasse.

Richard parecia encantado entre minhas pernas, observando-me de perto para ver minhas reações. Sempre tão caloroso e atencioso comigo... mesmo que ele estivesse usando essa atenção para me provocar, isso me fazia sentir especial. Desejado. Amado.

De repente, senti-me preenchido. A carne quente e firme de pelo menos dois dedos subiu em minha boceta e atacou diretamente meu ponto G. Eu nunca gozei de penetração antes, mas eu realmente pensei que estava prestes a fazê-lo. Sem perceber, eu estava trabalhando seriamente no isolamento acústico do apartamento e arrancando os lençóis da cama. Eu empurrei com força para encontrar seus dedos, querendo senti-los o mais fundo possível dentro de mim - querendo atrair o máximo dele para dentro de mim. Ele me pressionou firmemente, me dominando facilmente com sua força.

Richard encontrou meus olhos e lentamente, deliberadamente, baixou a boca. "Goze o máximo e o mais forte que puder." Ele me disse diretamente entre as minhas pernas. Então meu clitóris estava sendo sugado com força em sua boca. Ele me chupou profundamente e me lambeu com força, cada pequena protuberância de sua língua enviando uma vibração de prazer diretamente para o meu núcleo. Não demorei mais de três segundos. Eu vim. Duro. Foi como se uma bomba explodisse dentro de mim e explodisse de novo e de novo a cada contração. Ondas de puro êxtase explodiram através de mim, preenchendo cada centímetro de mim, dos dedos dos pés ao cérebro, até o fundo da minha mente.

Eu gozei e gozei e gozei, apertando com tanta força seus dedos ainda empurrando que pensei que podia sentir suas impressões digitais. Meu clitóris latejava tão forte em sua boca que pensei que ele estava engolindo. Ele nunca parou de martelar, forçando outro orgasmo logo após o primeiro. Eu me senti derretendo, minha mente ficando um pouco confusa e minha visão embaçando nas bordas.

Lentamente, com vários tremores secundários e recaídas, o incêndio se extinguiu. Tudo parecia um pouco nebuloso quando voltei a mim, quase como se tivesse tomado algumas doses de bebida forte. Percebi que quase esmaguei a cabeça de Richard entre minhas coxas. Eu nem tinha percebido que os tinha fechado! Além disso, posso ter machucado um pouco meus seios. Mais uma vez, nem percebi que os estava apertando.

"Uau... isso foi incrível pra caralho."

PARTE 5

63

Pouco tempo depois, estávamos juntos debaixo das cobertas. O ritmo constante de sua respiração enquanto ele dormia era reconfortante, deixando-me sonolenta, mas ainda sem vontade de dormir.

Conversamos sobre tudo o que aconteceu, pressionando um ao outro para obter detalhes sobre como o outro se sentia. Eu estava especialmente interessado em ouvir como Richard se sentiu poderoso enquanto dirigia minha tira lenta. Aparentemente, o toque era uma forma poderosa de controle, e ter rédea solta para me tocar enquanto eu me continha tornava a dinâmica Dom/sub mais real. Foi muito interessante ouvir sua perspectiva, mas ainda mais glorioso dividir a cama com ele.

Ele finalmente tirou o terno! Seu peito nu pressionado em minhas costas e suas pernas nuas entrelaçadas com as minhas. Eu sempre fui um completo otário por abraços. O contato da pele com a pele faz coisas poderosas com minhas emoções.

Finalmente me sentindo saciado, senti que deveria ser mais analítico. Eu realmente tinha feito todas essas coisas? Parecia tão fácil entrar no papel, tão natural seguir o fluxo. Uma voz no fundo da minha cabeça repetiu as palavras de Cathy sobre obediência. O que posso me encontrar fazendo? Talvez isso devesse ter me preocupado na época, mas não o fez. Eu me senti muito bem para me preocupar com qualquer coisa.

Adormeci segurando a mão de Richard com força em meu peito. 'Meu!'

FIM